D0549346

banana

guava

orange

mango

pineapple

avocado pear

tangerine

passion fruit

For Emma, Linda, Nadine and Yewande

*The author would like to thank everyone who helped her research this book, especially Wanjiru and Nyambura from the Kenyan Tourist Office, and Achieng from the Kenyan High Commission.*

*The children featured in this book are from the Luo tribe of south-west Kenya.*

Copyright © 1994 Eileen Browne
Dual Language Copyright © 1999 Mantra Lingua Ltd
This edition published 2013

First published in 1994 by
Walker Books Ltd

Published by
Mantra Lingua Ltd
Global House
303 Ballards Lane
London N12 8NP
www.mantralingua.com

Printed in Hatfield,UK  FP200213PB03133055

# Niespodzianka Handy

# HANDA'S SURPRISE

Eileen Browne

Polish translation by Jolanta Starek-Corile

MANTRA
LINGUA

Handa włożyła do kosza siedem pysznych owoców dla swojej przyjaciółki, Akeyo.

Handa put seven delicious fruits in a basket for her friend, Akeyo.

Na pewno się zdziwi, pomyślała Handa wyruszając do wioski Akeyo.

She will be surprised, thought Handa as she set off for Akeyo's village.

Ciekawa jestem, który owoc najbardziej będzie jej smakował?

I wonder which fruit she'll like best?

Czy będzie jej smakował miękki, żółty banan...

Will she like the soft yellow banana ...

albo słodko pachnąca guajawa?

or the sweet-smelling guava?

Czy będzie jej smakowała okrągła, soczysta pomarańcza...

Will she like the round juicy orange ...

albo dojrzałe, czerwone mango?

or the ripe red mango?

Czy będzie jej smakował ananas z kłującymi listkami...

Will she like the spiky-leaved pineapple ...

zielone, kremowe awokado...

the creamy green avocado ...

czy też cierpki, fioletowy owoc męczennicy?

or the tangy purple passion-fruit?

Which fruit will Akeyo like best?

Który owoc najbardziej będzie smakował Akeyo?

"Hello, Akeyo," said Handa. "I've brought you a surprise."

„Witaj, Akeyo" – powiedziała Handa. „Mam dla ciebie niespodziankę".

„Mandarynki!" – krzyknęła Akeyo. „Moje ulubione owoce".
„MANDARYNKI?" – odrzekła Handa. „A to ci dopiero niespodzianka!"

"Tangerines!" said Akeyo. "My favourite fruit."
"TANGERINES?" said Handa. "That *is* a surprise!"

monkey

ostrich

zebra

elephant

giraffe

antelope

parrot

goat